チョコレート

山本純子詩集

四季の森社

チョコレート

山本純子詩集

目次

I　あーそぼっ

だく点

となりのテントから
大きないびきが　きこえてくる

いびきって
なんで　息のまわりに
いっぱい　だく点がとんでいるんだろう

夜ふけに　テントから　はいだして
ころがっていた　木のえだで
となりの人の　いびきから
だく点を　つぎつぎに　はらいおとしていく

そんなゆめを　キャンプでみました

ヤッ

ワニは　うす目をあけて
ひるねをしているふり
川には
うす目のワニが　うようよ

むこう岸へ

飛《と》びうつった　友だちが
早く早くと　両手でまねく

そんな日にそなえ
助走から
ヤッと　ふみきる
走りはばとびの　計測《けいそく》だ

こぼす

こぼす　って
よくないよね

でも
スカートを　ぱたぱたって
こぼしたクッキーの　かけらを

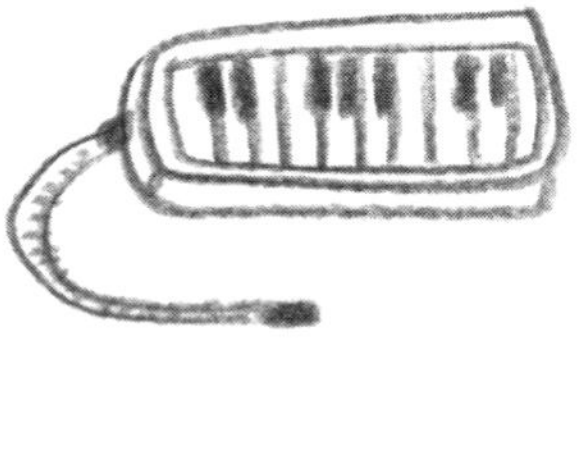

ぜんぶ　はらいおとして
ふっと　じめんで
はたらくアリを　みたら
なんだか
いいことしたな　って
きぶん

ちょっと　走って

友だちの　すぐそばにいると
何して　あそぶか
思いつかない
ちょっと　走って
遠く　はなれて

いっしょに　あーそぼっ
って　大声でさけぶと

石けり　とか
かげふみオニ　とか
いろいろ　楽しいことを
思いつく

チョコレート

石だんがあるから
ジャンケンをする

わたしが　つづけて負けて
友だちが　どんどん先へ行って
さいしょはグー　の声が

どんどん大きくなってしまう

いま勝った分の
チョコレート　あげるよー
って　いわれて　せっかくだから
ミ・ル・ク・チ・ヨ・コ・レ・イ・ト
って　石だんをのぼった

だから

わきがあまい　って
すきがあること
足が地につかない　って
冷静《れいせい》じゃないこと

だから

かまきりさん
かま　かまえたり
首かしげたりするのは
いいんだけど

うんていの　ちょっと先で
待ちかまえるのは
やめてください

Ⅱ　どちらまで

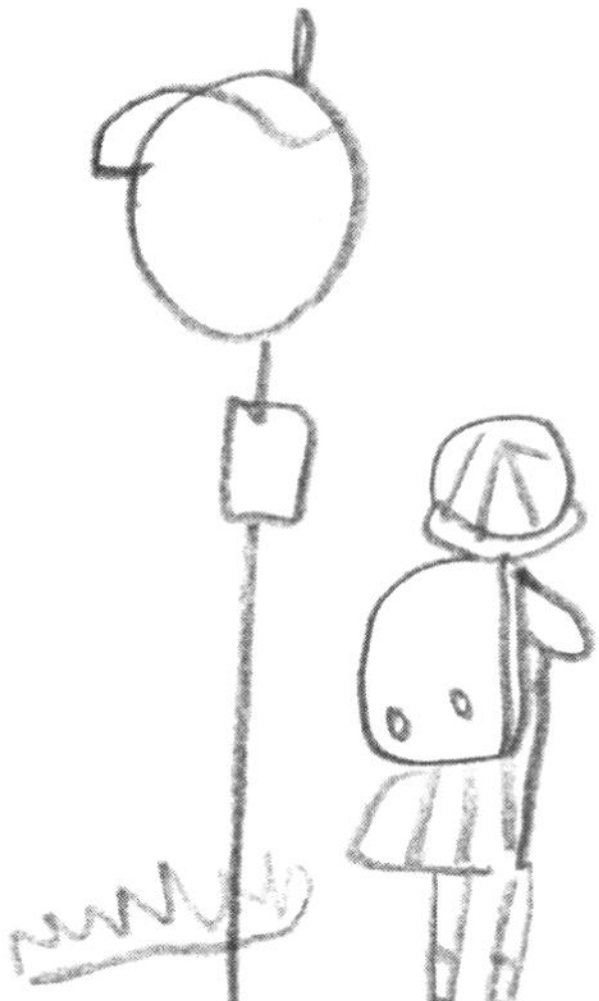

トンネル

列車が　トンネルに入ると
まどガラスに
うしろの席《せき》が　うつった

わたしと　おない年くらいの
女の子が　いるから

手ぶくろで　うさぎを作って
せもたれの上から
うさぎに　コンニチハって
言わせたら

その子　指で
うさぎと　あく手したよ

雪のにおい

よる　まどをあけると
雪のにおいがする

もうすぐ　やってくるんだね
雪

天使たちが
はだかはさむいね　さむいね　と
よぞらのどこかで
おしくらまんじゅうしている

雪がふると
もう　雪のにおいはしない

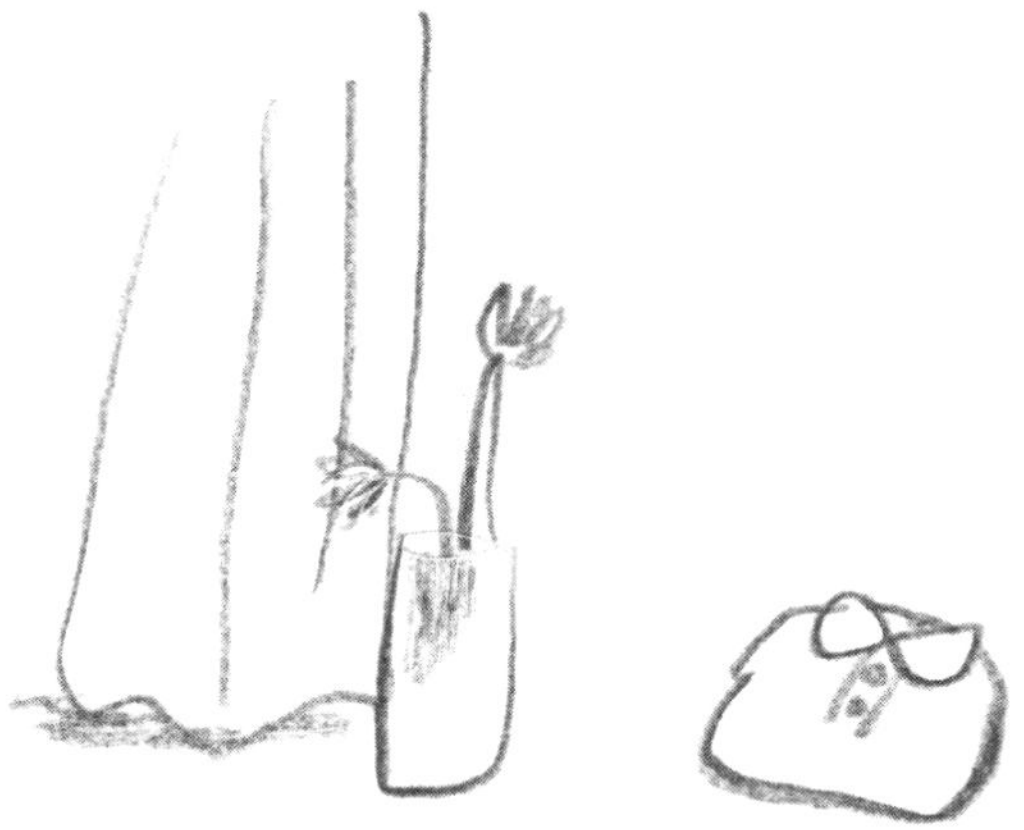

ポスト

ポストのなかの
手紙たち

どちらまで
と言い合って

おや　そんな遠くまで
北へ　南へ
それぞれ　みんな　ちりぢりですね
と言い合って

また　だれか落ちてきた
どちらまで
すてきな切手を　つけてますね

しょうぞう画

お年玉ぶくろから
そっと　引き出す
千円札《せんえんさつ》
折り目も　しわもない
まっさらの　千円札

千円札の　しょうぞう画の人に
このまま　うちにいる？
と　目で聞いたら

いやあ　旅が好きだから
海にも　山にも　行くつもり
と　目で笑《わら》った

手ぶくろ

黒板のはしっこの
あしたの　れんらく
帰るとき　ノートに写す
きょうは　手ぶくろはめて
えんぴつをにぎったら
画数の多い字は

書きにくって
こんなふうに　書いちゃった

うしろをみない

これ
授業参観《じゅぎょうさんかん》のことだって
わかる？

季語《きご》さがし

セーターに
ジャンパーはおって
マフラーまいて　ニットぼう
手ぶくろはめて
マスクもつけて　外へ出る
待ちに待っていた　雪だもん

〝ニットぼう〟は、毛糸のぼうしのことです。

うっすらつもった雪だから
そっと　かきよせ
雪うさぎを　ひとつ作ったら
学校の　小屋のうさぎを思い出す
日曜の　だれもいない学校で
にんじん　カリポリ食べているだろうか

〈クイズ〉この詩に、季語が十コ、かくれていますので、みつけてください。
同じ季語が二回出てきても、一コと数えます。

「季語さがし」のクイズの答え

セーター、ジャンパー、マフラー、ニットぼう、手ぶくろ、
マスク、雪、雪うさぎ、うさぎ、にんじん

Ⅲ　だれだっけ

身体測定《しんたいそくてい》

身長計の柱に
ぴたっと　せなかを合わせたら
頭のてっぺんに
木の棒《ぼう》が　すとんと落ちる

小さいころ

いい子だね　って
頭のてっぺんに　手を置《お》いたのは
だれだっけ

いい子だね　って
身長計に　言われたようで
体育館を出たら　スミレをみつけた

いちねんせい

きょう　がっこうで
し　の　べんきょうしたよ
っていったら
ママが
どんな　し
おしえて　おしえて

っていうから
まっすぐで　くるんとしたやつ
っていったら
ママ
えっ　って　かおのまま
とまっているから
あしたは　つ　のべんきょうだよ
って　おしえてあげた

名前シール

持ち物全部に　はる
名前シール
えんぴつ一本一本にも　はる
細長いシール

名前シールが

まだ　たくさんあるから
ほかに　はるとこ　ないかなあ

冷ぞう庫を開けて
玉子二つに　シールをはったら
次の朝　本格的《ほんかくてき》な目玉焼《や》き
いつもは　一つ目小ぞうなんだ

体育館

体操《たいそう》マットのはしっこまで
でんぐり返りで　進んでいくと
だんだん
だんご虫になるみたい

マットから　落ちないように

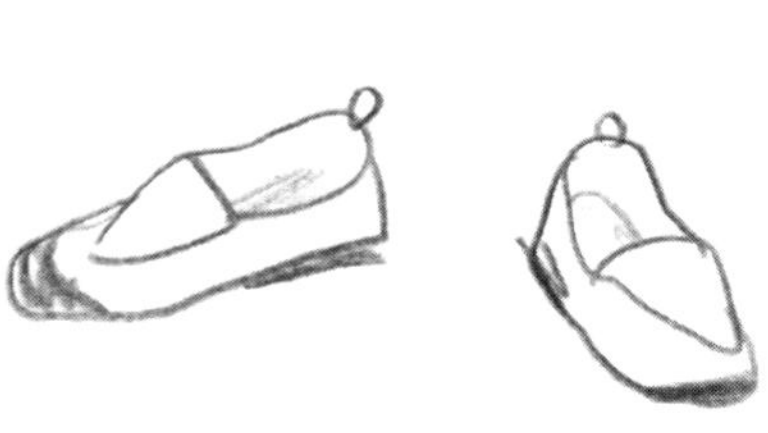

まっすぐ　ころころ　転がって
はしっこに着いて
だんご虫から　人間にもどったら

こんどは
とび箱へ　走っていって
バッタになって
緑の野原へ　ジャンプしよう

あした

あしたって
いま　どのへんにいるのかな
夜中を　ずっと歩いてくるのかな
まっくらで
石につまずいたりしないかな
木にぶつかったりしないかな

川へころげおちたりしないかな
あしたが　ちゃんとやってくるか
心配で
いつものように　ねむれないよ

あしたって
遠足が　あること
知ってるのかな

笛

プールに入る前に
シャワーをあびた

笛が鳴って
みんながプールに入ったら
電線にとまっていた

スズメたちが　とんできて
シャワーで
できたばかりの　水たまりで
水を飲んでいる

スズメたちも　笛が鳴るのを
待っていたんだ

Ⅳ

ひみつ

カレンダー

四月のカレンダーの
おわりの方に
五月の　はじめのころの日付《ひづけ》が
並《なら》んでいる
うすいインクで
おじゃまします　って感じで

その　うすい日付が
ささやいている
山の緑が　こくなるよ
川が　きらっと　まぶしくなるよ

自転車に乗って
出かけようか

長そでをまくり上げて
今年の太陽で
はだを焼《や》いたら
そこから
今年の自分になっていく

黒板消し

当番だから　わたし
黒板消しを　片手《かたて》でつかんで
黒板の　右半分を
車のワイパーみたいに
大きく　大きく　ふいていく

もう一人の当番の　あの子
黒板消しを　両手でつかんで
黒板の　左はしから
上から　下へ　直線道路みたいに
きれいに　きれいに　ふいていく

あの子　ともだちになれそうだな

手紙

朝
ともだちの家の　ゆうびん受けに
手紙を入れた
切手のかわりに　シールをはって

学校で会ったとき

さっき　ゆうびん受けに　手紙入れたよ
って言ったら

えっ　なになに
なんて　書いたの
って何度も聞かれたけど　ひみつ

書いたなかみも
楽しみにしてほしいけど

気づいてくれるかな
あのシール
ずっと　大事にしてたんだ

雪だるま

ドアを開けたら
たんじょう日おめでとう　って
ともだちが
手のひらに　雪だるまをのせて
立っている
思わず　ありがとう　と

手のひらに受けとると
雪だるまだから　冷たい
机《つくえ》に置《お》いてね　って
ともだちが　すぐ帰ったから
雪だるまを
ボウルに入れて　机に置いて
うれしいことは　うれしいけれど　と
ため息ついた

そりゃ　とけちゃったよ
目鼻だった　小石と　小枝《こえだ》と
本物そっくりの
小鳥のフィギュアを　ボウルに残《のこ》して

〝フィギュア〟は、本物に似《に》せて作った人形のことです。

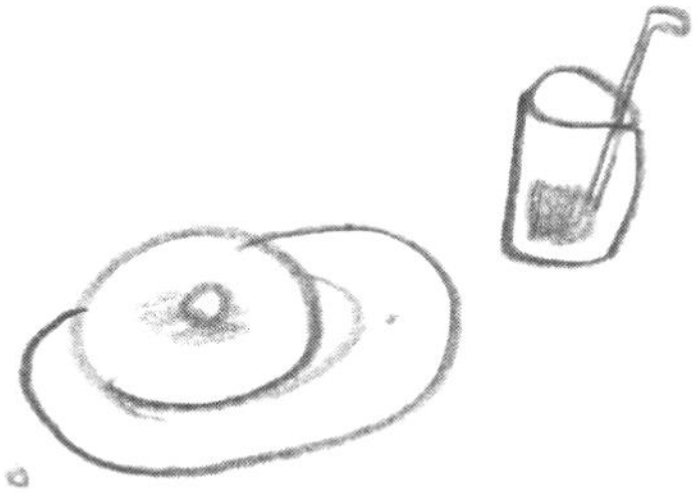

さかさま

ふるたさくら

なまえを　さかさまにいう
ふるたさくら　だから
らくさたるふ

らくさたるふ
しってるひと　みたいで

しらないひと
よそのくにから　きたような

らくさたるふ
しらないひと　みたいで
しってるひと
わたしのかげの　なまえだろうか

らくさたるふ

らくさたるふ
なんども　いうと
おまじないのように　なつかしい

わたしのなかから
けむりのように　あらわれる
ふしぎな　わたし

（あなたのなまえに
かえてよんでみて）

V　大きくなあれ

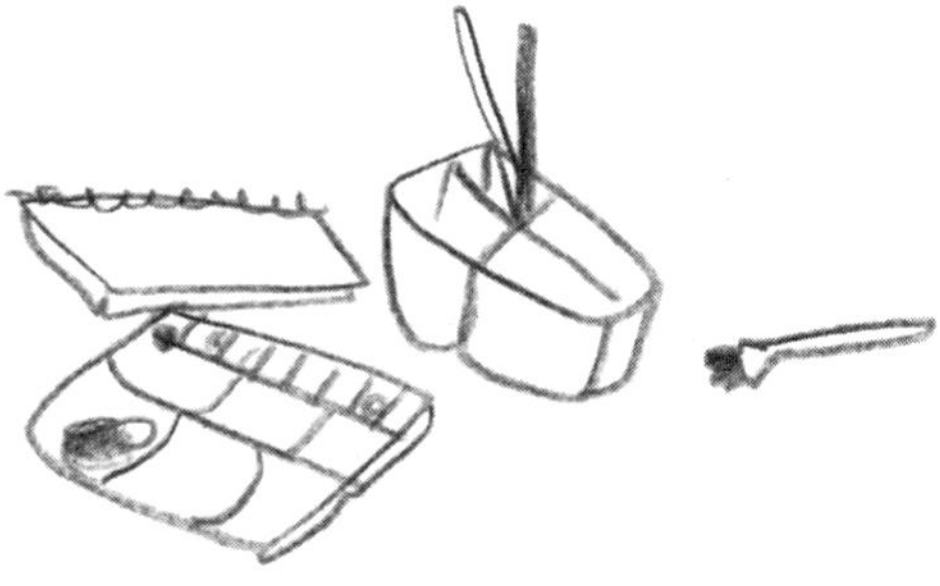

図工の時間

友だちの
顔をかく

顔のりんかく　ぐるっとかく
かりあげ頭　ささっとかく
鼻をかく　口をかく

目を　まじまじ見るのは
はずかしいけど
思いきって　見たら

思いっきり　友だちが
へんな顔をした

えんぴつ

えんぴつけずりで
しんぴんの　えんぴつを
けずるとき
どれくらい　けずれたかな
って　とちゅうで　なんどか　みる

だいぶん　けずれて

さきっぽが　ほそくなって
あとちょっとで　しんが　でるぞ
って　かんじの　えんぴつ
すきだな

なにか　はじめよう
って　おもってて
なににするか　まだ　きめていない
わたしみたいで

ちびた　えんぴつ

ちびた　えんぴつを
土に　うめて
水を　やって
ときどき　大きくなあれ
って　声をかけたら
芽《め》が　出て

するする　のびて
えんぴつの木になる
なんてこと　ないかなあ

えんぴつの花が　咲いて
（きっと　白い花だよ）
えんぴつの実が　なって
ちびた　えんぴつが
もとの　長いえんぴつを

いっぱい　実らせるんだ

赤えんぴつの
ちびたのを　うめたら
秋には
えんぴつの木が
きれいな　赤い葉っぱを
そよがせるだろう

モナリザ

モナリザが
メガネをかけても
マスクをつけても
体操服《たいそうふく》を着ても
ハンバーガーの店の
店員さんの制服《せいふく》を着ても

だれが見たって
モナリザだ　ってわかる

わたしが
作文を書いても
詩を書いても
リコーダーを吹《ふ》いても
ピアノを弾《ひ》いても
このことば　この音

わたしだ　って
みんなに　わかってもらえるように
なるかな
いっぱい書いて
いっぱい練習したら
なるかな

あのポスターの
モナリザったら

水着でサーフィンしてる

スプーン

緑色のゼリーを食べながら
ぼおーっ　と
スプーンをながめたら
わたしが逆《さか》さに映《うつ》っている

へこんだ鏡《かがみ》には

光の反射《はんしゃ》のはたらきで
逆さまの像《ぞう》が映る　って
科学館で習ったけど

本当は
わたしが　こころの中で
キャッホー　って
宙返《ちゅうがえ》りしているのが
映っているんだ　と思う

だって　あしたから

夏休み

湖

この町には
小さな湖があるから
ともだちと
湖で待ち合わせる
サイクリングしよう
って

いっしょに走るんじゃない
じゃあね
って
反対向いて　走っていって
湖を半周《はんしゅう》して
向こう岸で　また会うんだ

一人で走りながら

ことし初めて見たトンボ　とか
赤くなってきたグミの実　とか
ともだちに教えたいこと
いくつもみつけて
向こう岸で会ってから
こんなもの　みつけたよ
って
話し合う

大人になって
べつべつの道に進んで
べつべつの町に住んでも
また話せるかな
こんなもの　みつけたよ
って
ことし初めて見たトンボ　とか
赤くなってきたグミの実　とか

あとがき

わたしは、二十代のころ、川崎洋《かわさきひろし》さんの詩に出会って、詩を書きはじめました。川崎洋さんが、ある雑誌《ざっし》の詩の投稿欄《とうこうらん》の選者《せんじゃ》をしておられて、その投稿欄へせっせと投稿しました。投稿欄がわたしの詩の学校で、川崎洋さんがわたしの詩の先生です。川崎洋さんの詩のなかに、好きな詩句《しく》がたくさんありますが、特にこども向けに書かれた詩から一つ選《えら》ぶとすれば、「夏は」という詩の最初《さいしょ》の部分です。

どこかで
たっぷり休んできた秋が
虫とり網《あみ》に
そっとノックする

秋のやさしい気づかいを感じます。虫とり網にそっとノックして、「夏休みの遊びの時間は、もう終わりですよ」と告げているのです。秋を主語にして描《えが》かれていますが、夏休みが終わってしまうことを切《せつ》なく感じている、こどもたちの心も、同時に伝わってきます。

こんな大好きな詩句を、わたしは、ふとした時に、心に浮《う》かべます。すると、自然と呼吸《こきゅう》が深くなり、柔《やわ》らかい心持ちになるのです。

話は変わるようですが、わたしはびわ湖のそばに住んでいます。そのびわ湖、深呼吸する、って聞いたことありますか。ちょっと説明しますと、びわ湖の北部では、冬に表面近くの水が冷え、冷《つめ》たい水は重いので湖の底《そこ》に沈《しず》みます。すると底の水が押し上げられて、表面近くの水と底の水がひっくり返ることになります。そのことを、全層循環《ぜんそうじゅんかん》と言います。冷たい水は酸素《さんそ》をたくさん含んでいますので、水の循環は酸素の循環にもなり、それで、全層循環は〝びわ湖の深呼吸〟とも言われています。びわ湖が深呼吸すれば、湖底《こてい》で生きる生物たちにたっぷり酸素が届《とど》くのです。

わたしの好きな詩句たちも、大げさな言い方かもしれませんが、わたしの心に全層循環を起こすように思います。思い浮かべるだけで、心の底まで酸素が行きわたり、深々《ふかぶか》と新鮮《しんせん》な空気を吸《す》ったような気分になるのです。

わたしはわたしの詩を書きながら、ほかのたくさんの詩人たちのすてきな詩句に、これからも出会っていきたいな、と思います。

略歴

山本 純子（やまもと・じゅんこ）
1957 年　石川県生まれ。

2000 年　詩集『豊穣の女神の息子』花神社
2004 年　詩集『あまのがわ』花神社（第 55 回 H 氏賞）
2007 年　詩集『海の日』花神社
2009 年　句集『カヌー干す』ふらんす堂
2009 年　朗読 CD『風と散歩に』
　　　　　ミュージカルひろば「星のこども」発行
2014 年　少年詩集『ふふふ』銀の鈴社
2017 年　俳句とエッセイ『山ガール』創風社出版
2018 年　詩集『きつねうどんをたべるとき』ふらんす堂
2019 年　少年詩集『給食当番』四季の森社

詩集　チョコレート

2021年10月31日　初版発行

著　者　　山本 純子

装幀&イラスト　ルイコ

発行者　　入江 真理子

発行所　　四季の森社

〒195-0073　東京都町田市薬師台2-21-5

電話　042-810-3868　FAX 042-810-3868

E-mail: sikinomorisya@gmail.com

印刷所　　モリモト印刷株式会社

ISBN 978-4-905036-29-6